Renate Sültz & Uwe H. Sültz

Feuchte Phantasien

12 erotische Geschichten und 3 erotische
Gedichte für Erwachsene

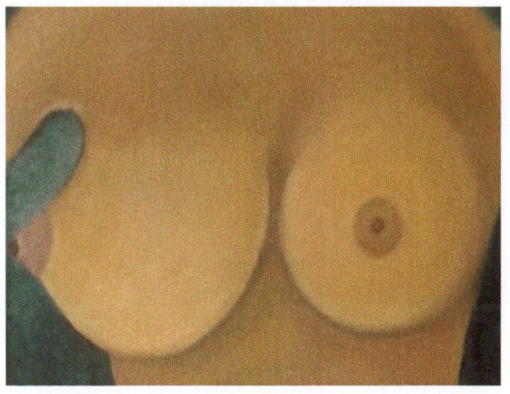

BoD - Books on Demand

Norderstedt 2016

Bibliografische Information durch die
Deutsche Nationalbibliothek

Die Deutsche Nationalbibliothek
verzeichnet diese Publikation in der
Deutschen Nationalbibliografie; detaillierte
bibliografische Daten sind im Internet über
http://dnb.dnb.de abrufbar.

© 2016 Renate Sültz & Uwe H. Sültz

Herstellung und Verlag:

BoD – Books on Demand, Norderstedt

ISBN 978-3-837-00710-7

Vorwort

Dieses Buch entstand aufgrund eines Wunsches unseres befreundeten Paares. Die Luft im Liebesleben wurde dünner. „Wir trauen uns nicht irgendetwas aus einem Shop zu kaufen, was die Phantasie anreizen könnte. Habt ihr eine Idee?", fragten sie. „Vielleicht könnten zwei, drei reizvolle Kurzgeschichten eure Phantasien wieder anregen?", sagten wir. Gesagt, getan... beide haben sich abends im Bett gegenseitig die Geschichten vorgelesen. „Die Geschichten könnt ihr anderen auch zugänglich machen.", war ihre Antwort. Nun, wenn der Zweck die Mittel heiligt... hier sind 12 sexy Kurzgeschichten und 3 Gedichte. Aufgrund der deutlich erotischen und hemmungslosen Abläufe und Wortwahl nur für Erwachsene ab 18 Jahren. Ideal vor dem Schlafengehen, zum Selbstlesen oder zum Vorlesen.

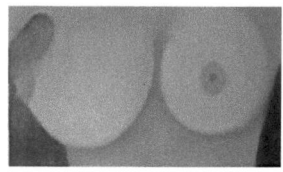

Inhalt

Ich will dich...

„Die Geschäfte liefen ja echt gut. Ich freue mich auf unsere Weihnachtsfeier. Was meint ihr, wollen wir mit Champagner anstoßen?", rief Norbert in die Runde. Was genau umgesetzt wurde, das ist im Augenblick nicht so wichtig. Erwähnenswert ist eher, dass es jedem bislang auffiel, dass Antje ein Auge auf Norbert geworfen hatte. „Ja gern, Norbert, lasse uns doch ein paar Flaschen besorgen. Soll ich dich nach Ladenschluss mitnehmen?", fragte sie. „Ist lieb von dir, aber meine Frau holt mich ab."

Antje hatte bereits viele Versuche gestartet, Norbert von sich zu begeistern. Aber Norbert war bislang sehr standhaft. Standhaft im Sinne von Fremdgehen, denn das ist ein No Go. Auch heute kam sie wieder im roten Minirock. Sie plante genau, wann sie in Norberts Büro musste, um Unterschriften einzuholen. Immer wieder ließ sich Antje neue Verführungen einfallen. Gegenüber Norberts Schreibtisch steht das Regal mit Ordnern. Vor Arbeitsbeginn

stellte sie den Ordner, der mit Sicherheit heute benötigt wird, ganz nach oben.

„Antje, ich benötige den Aktenordner B 27 H 9.", sagte Norbert. „Bringe ich dir, Norbert. Ahhh, er steht nicht dort, wo er hingehört. Da oben sehe ich ihn."... Antje bestieg die Trittleiter und reckte sich nach dem Ordner. Norbert musste zu ihr schauen, es ging gar nicht anders. Je mehr sie sich reckte, umso höher schob sich der Minirock. Nun sah Norbert ihre Pobacken. Ein Hauch von String war zu sehen, als ob sie nichts drunter trug. „Kannst du mir den Ordner bitte abnehmen?", bat Antje. Norbert ging zu ihr, so nah war er noch niemals an ihrem Po... so nah war er noch niemals einer Versuchung. „Was für ein geiler Arsch.", dachte er sich. Norbert bekam Gefühle. Gut, dass Antje auf der Leiter stand, sonst könnte man seinen erigierten Penis in der engen Jeans erkennen. Er nahm den Ordner und hastete schnell zu seinem Schreibtisch. Antje stieg langsam die Trittleiter hinunter. Jetzt stellte sie die Leiter wieder hinter die Tür. Alles, ohne sich den hochgeschobenen Rock zurechtzurücken. Sie drehte sich zu Norbert, der Rock war fast bis zum Bauch gerutscht. Auch von vorne war nur ein dünnes Stücken Stoff zu sehen. Norbert konnte deutlich ihre Schamlippen erkennen. Erst jetzt begann Antje, ihren Rock langsam herunterzuziehen. Ganz langsam eben. Norbert wurde rot, beide ließen sich aber nichts anmerken. „Wann bist du heute Abend auf unserer Weihnachtsfeier?", fragte Norbert. „Ich bin um 7 hier und wollte Iris und Ilona bei den Vorbereitungen helfen. Ach, in dem Zusammenhang, kann ich mich in deinem Büro umziehen?", fragte Antje. „Ja natürlich, gern.", sagte Norbert. Antje holte ihre Tasche und legte ihre Kleidung auf die Liege in Norberts Büro.

Nun gingen beide ihrer gewohnten Arbeit nach. So richtig ging das aber nicht. Antje dachte nun nur noch an den Abend. Norbert ging zur Liege. Völlig erregt nahm er Antjes Seidenstrümpfe in die Hand, roch an ihrem String… „Stopp!", dachte er. Er musste sich zusammenreißen. Natürlich hätte er schon Lust, gerade weil es mit seiner Frau Brigitte nicht mehr lief.

Irgendwie ging jeder schon länger seiner Wege. Norbert segelte gern, Brigitte hatte ihre Bridge-Runde. Es knisterte nicht mehr nach 17 Ehejahren.

Norbert fuhr in seine Wohnung, duschte und zog sich sportlich elegant an. Er konnte es kaum erwarten, Antje zu sehen. Übernervös knöpfte er sein weißes Hemd falsch zu. „Na, da hast du dich um eine Knopfleiste vertan, hoffentlich vertust du dich nicht heute Nacht in der Hausnummer.", amüsierte sich Brigitte und knöpfte sein Hemd richtig zu.

Um 20 Uhr trafen sich alle. Norbert suchte sofort Antje. „Sie zieht sich noch um.", sagte Ilona. Norbert hastete zu seinem Büro und öffnete die Tür. „Mist, zu spät, sie ist schon angezogen.", dachte er sich. Beide gingen hinunter in den Saal.

Antje trug eine weiße Bluse. Darüber ein schwarzes Jackett mit Minirock. Norbert wusste ja ganz genau wie der String und der BH aussahen. Es stellte sich Antje nackt vor und geilte sich an dieser Vorstellung auf. Sie tanzten zusammen. Antje drückte ihre Brüste eng an Norberts Oberkörper. Beiden wurde nicht nur ums Herz warm. Antje zog ihr Jackett aus. „Noch ein Glas Champagner?", fragte Norbert. „Ja gern.", antwortete Antje. Beim Anstoßen kippte Norbert das halbe Glas über Antjes Bluse. Die dünne Bluse zeigte sofort Antjes Brüste. Ihre Nippel wurden sichtbar. Groß und hart waren sie. Norbert wurde heiß. Sein Penis drückte mit voller Kraft gegen die Anzughose. „Lass' uns in mein Büro gehen, ich bin geil auf dich.", flüsterte Robert. Beide verschwanden. Es wurde weit nach Mitternacht mit den beiden. Die Gesellschaft hatte sich längst aufgelöst.

Antje reizte Norbert von nun an ständig. Er spielt nun Poker mit seinen alten Freunden, jeden Donnerstagabend. Zumindest sagt er dies zu seiner Frau.

Termin beim Frauenarzt

Irgendwann musste es ja einmal sein. Irgendwann musste ich wieder zum Frauenarzt. Mit 16 war ich das letzte Mal bei Frau Dr. Kröhmer. Mmmhhh, nun bin ich 34. Ansonsten bin ich ja kerngesund, und da unten rum geht es mir bestens. Aber jetzt musste es sein, zumindest meint das mein Hausarzt. Nun gut, dann gehe ich wieder zu Frau Doktor und gut ist es. Aber Frau Doktor ist schon lange in Rente, jetzt ist es Dr. Peter Bob, bei dem ich die Beine breit machen soll. Ich hatte schon so meine Not damit. Soll ich wirklich vor einem fremden Mann die Beine breit machen und mein herrlich feuchtes Paradies zeigen? Obwohl sich Jens, mein Mann, doch schon länger abgesondert hat. Morgen, sagt er immer, heute hätte er viel im Büro zu erledigen gehabt. Ja, ja... wer's glaubt. Und ich bleibe nachts immer mit meiner ständig bereiten Muschi zurück. Sie miaut einfach immer.

Ich trage nur noch Röcke, da mein Saft ständig ausläuft, gerade dann, wenn man mir auf meine Titten schaut. Nun gut, ich trage keinen Büstenhalter, ich bin auch selbst schuld und provoziere gern. Schnell sind meine Brustwarzen steinhart. Aber ich denke nicht ans fremdgehen. Ich bin halt eben immer geil. Und jetzt soll mich ein fremder Mann überall berühren? Mir wird ganz heiß vor Aufregung oder Erregung.

Aber ich denke doch, dass Dr. Bob ein routinierter und eher abgestumpfter Arzt ist. Ich will mich da jetzt nicht verrückt machen. Er sieht schließlich den ganzen Tag nackte Frauen. Nachts dachte ich nochmals darüber nach. Jens schlief tief und fest. In Gedanken lag ich da auf dem gynäkologischen Stuhl… die Schenkel breit gespreizt… meine Vagina war ganz nass… eine heiße Vorstellung. Ich merkte, wie ich meine Nippel massierte… ich stöhnte… hoffentlich wird Jens nicht wach… ich massierte meine Brüste und dann wanderte meine rechte Hand zu meiner Vagina. Sie war ganz nass… ich massierte sie und dann kam der Orgasmus. Zufrieden schlief ich ein und dachte nicht mehr an den Arzttermin.

Am nächsten Tag überlegte ich, was ich zum Arzttermin anziehen sollte. Einen konservativen Feinrippschlüpfer hatte ich nicht, nur Slips mit Spitze. Ich werde wohl einen Rock anziehen. Am besten den mit Reißverschluss. Ja genau, den kann ich einfach aus- und wieder anziehen. Er war wohlrecht kurz, aber ich kann so etwas tragen. Dazu nehme ich das weiße Shirt, ja genau, das reicht.

Zwei Tage später war es soweit, ich war ganz aufgeregt. Es ist mir doch irgendwie unangenehm. Um 10 Uhr verließ ich das Haus. Zu Dr. Bob kam ich am besten mit dem Bus. Es war recht warm heute, eine Jacke benötigte ich nicht. Auf dem Weg zur Haltestelle merkte ich, wie man mich ansah und nachschaute. Es lag wohl an meinen Titten. Sie wippten hin und her. Die Nippel wurden wieder hart und spitz.

Am Bus brauchte ein älterer Herr beim Einsteigen recht lange. Ich stand auf der ersten Stufe. Ich konnte regelrecht spüren, wie man mir unter den Rock schaute. Ich liebte dieses Gefühl, ich war einfach nicht entschärft, wozu Jens durchaus beitragen könnte.

Ich war froh, als ich in der Praxis ankam. Es wurde doch noch heiß an diesem Tag. Meine Nippel beruhigten sich. Aber auch nur kurz. Denn der noch freie Stuhl im Wartezimmer war unter der Klimaanlage… und da standen sie wieder, wie eine Eins.

Jetzt wurde ich aufgerufen. Ein neues Zellstofftuch wurde aufgelegt. Wenn andere Frauen auch so eine nasse Vagina haben, wird es wohl immer feuchte Tücher geben. Was sich die Helferinnen wohl denken.

Dr. Bob war ein sehr attraktiver Arzt. Ende 30, denke ich und dunkle Haare… genau mein Typ. Im zweiten Sprechzimmer wurde einer Schwangeren leicht übel, die Helferin musste bei ihr bleiben. Dr. Bob meinte, dass wir beide die Routineuntersuchung auch alleine schaffen werden. Ale er dann sagte, dass ich mich obenrum frei machen solle, wurde mir doch mulmig. Ich streifte mein Shirt über den Kopf. Der Stoff blieb an den harten Nippeln hängen, was die festen

Brüste ordentlich wippen ließ. Mit beiden Händen umfasste nun der Doktor meine Brüste. Seine warmen Hände taten mir sehr gut, nach der zu kühl eingestellten Klimaanlage im Wartezimmer. Er knete meine beiden Titten und streichelte um meine Brustwarzen herum. Wieder wurden sie Steinhart... dieses Mal nicht wegen der Kälte, sondern ich bekam Gefühle. Jetzt ließ er die Dinger hin und her wippen, er hob sie an und ließ sie fallen. Dann knete er nochmals. Verdammt, ich wurde geil.

Jetzt zeigte er auf den Stuhl. Ich wollte nur das Höschen ausziehen, dabei öffnete sich der Reisverschluss bis oben. Der Rock lag auf dem Boden. Höflich bückte sich der Doktor danach, kam meinem Arsch sehr nahe, und legte den Rock auf den Stuhl. Ich vergaß völlig, mir das Shirt anzuziehen. Jetzt saß ich splitternackt mit gespreizten Schenkeln auf dem Stuhl.

Der Doktor setzte sich zwischen meine nackten Schenkel, er wollte mich ansehen, blickte aber sofort auf meine geilen Nippel. Riesengroß waren sie. Jetzt spürte ich seine

Finger auf meinen Schamlippen. Ich merkte, wie meine Muschi miaute und klatschnass war. Nun musste ich die Augen schließen, wollte an etwas anderes denken. Aber wie sollte ich an etwas anderes denken, wenn mir jemand seinen Finger in mein Kätzchen steckte. Immer tiefer drang er ein… tiefer und tiefer. Ich atmete schwer. War es sein Finger oder sein Glied? Ich wusste es nicht. Ich wusste nichts mehr. Ich genoss nur noch.

Mein Loch war so nass, es schmatzte laut. Sein Daumen drückte wohl ungewollt auf meinen Kitzler… ungewollt oder nicht, ich wusste es nicht. Ich musste stöhnen. Irgendwie hatte er den Kniff raus, ich wurde verdammt geil. Der Daumen massierte nun meinen Kitzler, ein Finger in meinem Kätzchen und ein Finger drang langsam in meinen Arsch ein. Die langsamen und rhythmischen Bewegungen machten mich verrückt nach Sex. Mein Saft lief nur so heraus. Ich bemerkte, dass ich wie in Trance an meinen Nippeln spielte. Ich zog an ihnen, drehte sie, massierte sie.

„Ooohhh!", schrie ich und hatte einen gewaltigen Orgasmus. Einige Sekunden brauchte ich, um zu mir zu kommen. Dr. Bob ging zu seinem Schreibtisch und notierte etwas. Was passierte da mit mir? Verlegen zog ich mich an und verabschiedete mich. Worauf er sagte: „Also dann, bis zum nächsten Termin." Worauf ich mich jetzt schon freue.

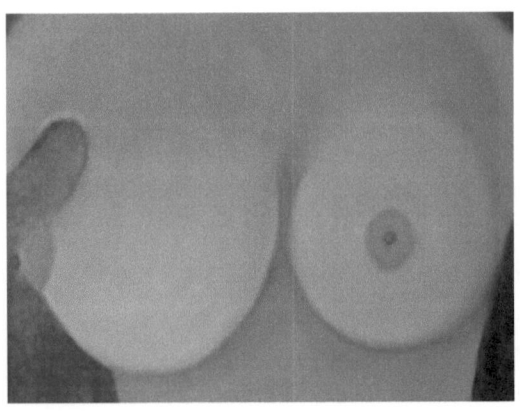

Die Lüste der Angelika

Ich habe da ein Problem. Ich kann es mit niemandem besprechen. Also schreibe ich darüber als anonyme Angelika. Ich bin glücklich verheiratet und dennoch bin ich nie ganz befriedigt. Mein Mann gibt sich wirklich alle Mühe und doch komme ich erst so richtig in anderen Situationen. Wir wohnen in einem Mehrfamilienhaus zur Miete. Wenn ich in die Stadt fahre, ziehe ich mich in der Wohnung sehr konservativ an. Mein Mann sitzt meist am Computer und zockt. Er sieht mich kurz an, Küsschen... und dann gehe ich. Er ist so vertieft, dass er nie aus dem Fenster sieht. Im Keller ziehe ich mich dann immer um. Mittlerweile hat dies auch schon unser Nachbar mitbekommen. Ich sah sofort das Guckloch in seiner Kellertür. Unsere Kellertür lasse ich dann sperrangelweit auf. Er sieht dann alles und das brauche ich. Zunächst bücke ich mich tief, um meine Schuhe auszuziehen. Mein Rock rutscht bis zum Arsch hoch. Dann ziehe ich den Rock ganz langsam aus, er ist hauteng. Jetzt knöpfe ich die hochgeschlossene Bluse langsam auf. Im Nachbarkeller höre ich ihn schon stöhnen. Mich macht das an. Mein Bärchen wird schon feucht. Ganz langsam streife ich mir den BH ab und lege ihn in meine Tasche. Dazu drehe ich mich um und bücke mich. Das feuchte Höschen ist deutlich zu sehen. Sein Stöhnen wird immer heftiger. Meine Lust immer größer. Nun ziehe ich mir ein fast durchsichtiges Shirt über, massiere meine Titten und Nippel. Sie sind nun so hart und spitz, dass sie deutlich zu erkennen sind. Mein Höschen ziehe ich aus und den engen Rock an. Im Nachbarkeller wird es ruhiger, er hat wohl seinen Höhepunkt erreicht und das Resultat befindet sich jetzt in einem Taschentuch. Nun rein in die High Heels, das Höschen eingesteckt und ab zum Bus.

Im Bus setze ich mich immer auf Plätze, wo mir gegenüber ein geiler Typ sitzt. Auch dieses Mal habe ich wieder Glück. Sein Hemd weit geöffnet, seine Brusthaare sind zu sehen, seine Brustwarzen erkenne ich, sie schimmern durch das weiße Hemd. Ich muss ihm einfach auf sein Geschlechtsteil schauen. Ich erkenne es deutlich, er ist Linksträger. Das alles macht mich schon an, aber im Keller hatte ich noch keinen Orgasmus, den brauche ich jetzt. Ich nehme mir diesen Typen jetzt einfach, lasse ihn richtig wild werden. Meine Tasche stelle ich auf meinen Schoß. Mit der rechten Hand massiere ich abwechselnd meine Nippel. Ich drehe daran, ziehe an ihnen und massiere sie. Der Stoff des Shirts zeigt deutliche Knitterspuren, die Brustwarzen schimmern deutlich durch, ich sitze auch noch gegen die Sonne. Ich werde immer geiler. Jetzt mache ich auf mich aufmerksam. Wir sitzen fast allein im Bus. Aus meiner Tasche hole ich mein Höschen und fahre mir langsam über den Mund damit. Der feuchte Fleck ist schon getrocknet, aber mein Bärchen ist schon wieder klitschnass. Er wird auf mich aufmerksam, sieht, dass es kein Taschentuch ist und schaut mir zwischen meine Beine. Langsam spreize ich meine Beine, die wohlgeformten Oberschenkel sind jetzt zu sehen. Je mehr ich meine Beine spreize, umso höher rutscht der Rock. Jetzt lässt er seine Blicke auf meine gut behaarte

Vagina. Seine Hose beult sich aus. Sofort legt er seine Zeitung darüber. Aber ich sah genug. Er hat einen wunderbaren großen Penis... ich stöhnte kurz auf, bekam meinen so sehr ersehnten Orgasmus. Wir waren an seiner Haltestelle angekommen. Er stand auf, kurz sah ich den Fleck in seiner beigen Hose. Er hielt die Zeitung davor. Noch eine Haltestelle weiter und ich war ebenfalls am Ziel.

Mit dem Einkauf ging ich langsam zum Wohnhaus zurück. Hinter der Gardine sah ich den Nachbarn. Er sah mich kommen. Nun gab ich ihm Zeit, um in den Keller zu kommen. Langsam ging ich hinunter. Die Kellertür ließ ich wieder geöffnet. Ich wurde schon wieder bei dem Gedanken geil, dass der Nachbar sich hinter seiner Tür versteckt, die Hose öffnet und sich befriedigt. Ich zog das Shirt aus, schob den Rock langsam hoch und setzte mich auf die Werkbank meines Mannes. Jetzt massierte ich meine Brüste. Schnell waren die Nippel hart. Ich spreizte die Beine und begann meine Vagina zu streicheln. Mit dem Finger drang ich tief in meine Pflaume ein. Ich hörte ihn stöhnen. Ich könnte schwören, wir bekamen zur gleichen Zeit einen Höhepunkt.

Tja, das ist mein Problem… ich muss es immer und immer wieder tun…

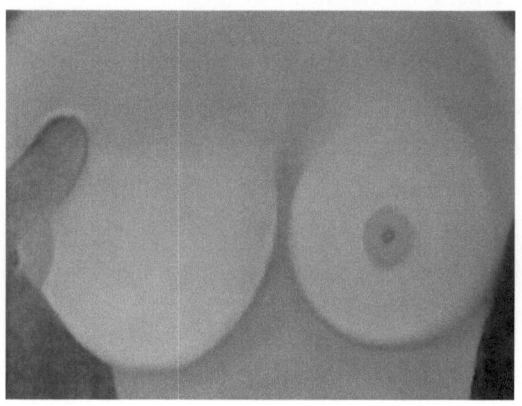

Blicke machen mich geil

In meiner Mietwohnung hatte ich sie alle durch. Im Park spielten viele Kinder, Hundebesitzer gingen mit ihren Lieblingen Gassi. Aber ich brauchte es doch so dringend… ich brauche diese Blicke der Männer, die mich in ihrer Vorstellung ausziehen und mich ficken wollen. Es macht mich total an. Bin ich sexsüchtig? Ich weiß es nicht, ist mir auch völlig egal.

Jetzt habe ich mich in einem Sportstudio angemeldet. Dort erhoffe ich mir die totale Befriedigung. Schon bei der Anmeldung sah ich die potenten Männer in ihren strammen Sporthosen. So einen will ich, am liebsten für immer.

Zur ersten Sportstunde kleidete ich mich natürlich ganz neu ein. Ein hautenges weißes Shirt musste es sein. Es ist ein sehr leichter und dünner Stoff. Vor dem Spiegel betrachte ich meine Brüste. Berühre ich nur etwas meine Nippel, dann stehen sie und werden sehr hart. Schwarze enge sexy Leggins wollte ich dazu kaufen. In der

Damenabteilung wurde ich von einem sehr gutaussehenden Mann bedient. Drei Tage Bart, breite Schultern, einfach toll gebaut. Er trug keinen Ehering, man, man, man, der wäre es. Ich fragte nach einer schwarzen sexy Leggins. Meine Jacke zog ich aus, sofort schaute er auf meine prallen Brüste. Das tat mir sehr gut. In der Umkleidekabine zog ich meinen Rock aus und stand nun knapp bekleidet mit Shirt und String und wartete auf den jungen Mann.

Der String war im Schritt offen, die Haare des Mäuschens schauten heraus. Mich machte diese Situation so sehr an, dass ich an meinen Nippeln spielte. Der Verkäufer kam zurück, ich öffnete den Vorhang ganz selbstverständlich und nahm die Leggins entgegen. Ich bat ihn zu warten. Sein Warten belohnte ich damit, dass ich den Vorhang nur zur Hälfte zuzog.

Im Spiegel sah ich seine gierigen Blicke. Er schaute mir auf meinen prallen Arsch. Der String war ein Hauch von Nichts. Die Leggins passte mir perfekt. Das wollte ich ihm aber nicht sagen, ich wollte die Situation einfach noch auskosten. Langsam drehte ich mich um und strich über Leggins und Shirt. Mit seinen Augen verfolgte er meine Hände. Als ich meine Titten umfasste und mit den Zeigefingern über die festen Nippel ging, wurde er rot, konnte aber seine Blicke nicht von mir lassen.

Ich drehte mich um und strich über meinen prallen Arsch. Ich sagte ihm, dass ich die Leggins nehme, er könne sie gleich mit zur Kasse nehmen. Ohne den Vorhang zu schließen zog ich sie aus, natürlich sah er die Haare meines Mäuschens. Ich hielt die Leggins noch fest, obwohl er seine Hand schon ausstreckte.

Der Rock lag auf dem Boden, ich stieg hinein und ging breitbeinig in die Hocke, um ihn hochzuziehen. Nun sah er alles, ich genoss es. Er auch, dass sah ich an seinem gut gefüllten Penis in seiner Hose. Die Beule war unübersehbar.

Den Rock zog ich langsam hoch. Jetzt gab ich ihm die Leggins. Als er ging massierte ich noch meine Nippel und bekam einen starken Orgasmus. Nach dem Bezahlen erwähnte ich das Sportstudio.

Heute war mein erster Tag im Studio. Es ging auf dem Speedrad los. Nach einer kurzen Aufwärmphase, wobei mir der Trainer sehr nahe kam, trat ich ordentlich in die Pedalen. Um mich herum trainierten plötzlich viele Männer. Ich sah schon, dass sie mir alle auf meine Titten schauten. Ich schwitzte sehr. Das dünne weiße Shirt war nass und zeigte meine dunkelbraunen Brustwarzen und den Vorhof überdeutlich. Alles war sehr geschwollen, wieder genoss ich diese Blicke. Der Sattel war schlank. Ich massierte meinen Kitzler derart, dass ich zu stöhnen begann, es wurde immer heftiger. Jetzt rutschte ich praktisch nur noch auf dem Sattel herum, ohne mit den Beinen die Pedale zu bewegen. Mir war alles egal, ich hatte einen gewaltigen Höhepunkt.

Tage später sah ich meinen Leggins-Verkäufer im Studio. Wir kamen uns näher. Wir verabredeten uns. Plötzlich war alles anders. Er interessierte mich als Mann. Und heute sind wir ein Paar.

Drei Mal

Ich bin mit Ilona sehr glücklich. Mein Name ist Mike, wir sind seit zwei Jahren verheiratet. Drei Mal in der Woche haben wir Sex. So richtig geilen Sex, nicht nur mal eben so, es dauert schon seine Zeit. Ilona ist einfach eine geile Frau. Ihre schlanken Beine, der kleine knackige Hintern und dann diese wahnsinnig großen Riesentitten. Ihre Brüste sind fest und wohlgeformt.

Ich zeige meine Frau sehr gern in der Öffentlichkeit. Ich finde es gut, wenn sie von anderen bewundert wird. Es macht uns beide an. Gestern waren wir in unserer Eisdiele. Ilona war schon recht knapp gekleidet. Eine hautenge weiße Leggins, High Heels dazu und ein hautenges Shirt mit tiefem Ausschnitt. Ich legte ihren Arm auf ihre Schulter und begann sie zu streicheln. Langsam ging ich zum Rücken. Ilona rutschte etwas nach vorn, so konnte ich bis zum Hintern kommen. Das Streicheln wurde nicht durch die Träger eines BHs gehindert, denn sie trug keine BHs. Es machte Ilona an, ihre Nippel wurden hart und riesengroß. Am Nachbartisch hörte ich zwei Männer sagen: „Nippelalarm!"

Obwohl wir unser Eis bereits gegessen haben, legte sich Ilona in meinen Arm und hielt die große Eis-Karte vor ihre Titten. Nun begann ich ihren rechten Nippel zu massieren, ich drehte ihn hin und her. Ilona bekam einen Orgasmus und stöhnte kurz auf. Danach sagte sie leise: „Du hast den Sender gefunden."

Am Abend ging es dann weiter, Ilona hatte noch lange nicht genug. Sie verführte mich in ihrem sexy Negligee. Er stand bei mir sofort wie eine Eins. Zum Abschluss nahm ich sie noch einmal von hinten. Zufrieden schliefen wir ein. Gegen zwei Uhr morgens spürte ich dann Ilonas Hand an meinem Penis. Ich stellte mich weiter schlafend. Sie begann zu stöhnen. Die Straßenlaterne leuchtete schwach ihren Oberkörper an. Ilona massierte mit der linken Hand ihre Brüste und mit der rechten Hand bearbeitete sie meine Hoden und meinen Penis. Langsame Bewegungen machte sie.

Auf und ab... ihr stöhnen wurde immer lauter... immer wilder. Sie zog ihre Brustwarzen lang und drehte sie dabei. Ich tat zwar so, als wenn ich schlief, aber mein kleiner Freund kam noch einmal auf Hochtouren. Er wurde größer und größer. Ilona wurde wilder und wilder. Es kam bei mir zum Samenerguss... bei Ilona zum Orgasmus. Ja, wenn wir es miteinander treiben, dann drei Mal.

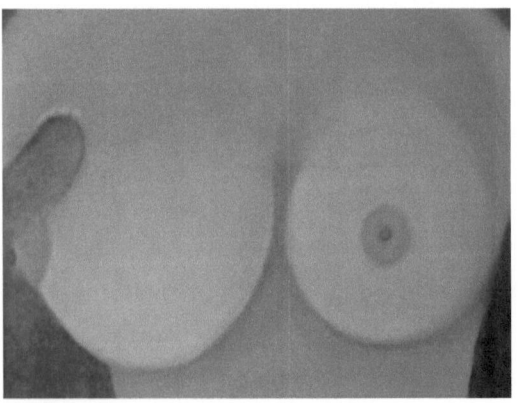

Mein Gegenüber

Meinen neuen Job sollte ich heute antreten.
Ich freute mich darauf. Auch, dass ich den
netten Kollegen wiedersah, der mir
praktisch die Tür in die Arbeitswelt wieder
öffnete. Nach meinen beiden Kindern war
ich eigentlich zu lange aus dem Berufsleben.
Aber Jörg, wir duzten uns sofort, hat mir
doch auf die Beine geholfen. Nun ja, etwas
habe ich schon nachgeholfen, es hätte auch
schiefgehen können. Ich zog zur Vorstellung
eine weiße, leicht durchsichtige Bluse an.
Darunter einen Spitzen-BH. Trotzdem
konnte man meine sehr dunkelbraunen
Brustwarzen gut erkennen.

Pünktlich kam ich zum Dienst. Ich bemerkte
zwar, dass die Tische umgestellt waren,
dachte mir aber nichts dabei. Mein
Arbeitsplatz war vor dem Fenster zur Tür
gerichtet. Mein Kollege saß mir gegenüber,
die großen Monitore verdeckten einen
direkten Sichtkontakt. Über der
Deckenleuchte war noch eine Klimaanlage
zu sehen. Die Tage vergingen, nachdem ich

viele Sortierarbeiten erledigt hatte, kam ich an den Computer. Irgendwie klappte das alles aber nicht so richtig. Lag es an mir? Jetzt ging die Tastatur nicht, dann stürzte das Ding wieder ab, dann dies, dann jenes. Jörg war immer sehr hilfsbereit, er schoss sofort um den Schreibtisch herum und erklärte mir alles. Ja, noch mehr tat er, die Arbeiten, die ich durch meine Schusseligkeit nicht schaffte, erledigte er noch zusätzlich. Ich fühlte mich irgendwie verpflichtet gegenüber Jörg.

Jetzt mussten Werte in eine Tabelle eingetragen werden. Wo konnte ich diese Tabelle nur finden? Jörg eilte herbei. Mit dem Bleistift zeigte er auf den Computer, dann auf das vor mir liegende Papier. Mit dem Ende des Stifts berührte er immer wieder meine Brust... wohl zufällig... ich sagte aber nichts dazu. Beim nächsten Mal kam er der Brustwarze näher. Ich gestehe, es war mir nicht unangenehm. Dabei roch ich sein herrliches Rasierwasser. Dieses Spielchen machte er jeden Tag mit mir. Jetzt ließ er den Bleistift weg und rein zufällig berührte sein Handrücken meinen linken

Nippel. Ich begann mich danach zu sehnen. Ab jetzt kam ich ohne BH zur Arbeit. Erst zog ich ein festeres Shirt an, dann wurde ich mutiger und zog wieder die leicht transparente Bluse ohne BH an. Deutlich konnte Jörg nun meine Nippel sehen.

Heute war es sehr heiß. Jörg schaltete die Klimaanlage ein. Jetzt weiß ich warum er die Tische umgestellt hatte, die kalte Luft war genau auf meine Titten gerichtet. Den ganzen Tag hatte ich knallharte Nippel. Und jetzt klappte schon wieder etwas nicht. Jetzt schämte ich mich für die stehenden Nippel schon etwas. Jörg kam herum und zeigte mir wie es ging. Sein Handrücken berührte meinen linken harten Nippel. Ich stöhnte kurz auf. Er wurde mutiger und begann meine linke Brust zu massieren. Ich griff in seinen Schritt und streichelte seinen Penis. Es wurde immer heftiger. Wir bekamen beide einen Orgasmus.

An weiteren Tagen wurden wir immer hemmungsloser. Als das Stromkabel vom Computer lose war, kroch er unter den Tisch und leckte mein Pfläumchen. An

einem weiteren Tag kroch ich unter den
Tisch und befriedigte Jörg mit dem Mund.

Ach, ich freue mich schon auf meinen
morgigen Arbeitstag...

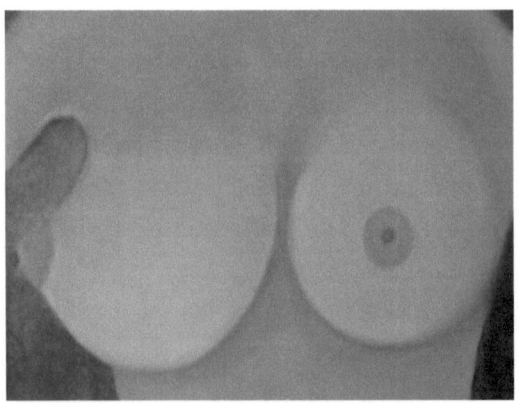

Süßer Krankenhausaufenthalt

Ein wirklich herrlicher Skiurlaub war für mich am achten Tag plötzlich vorbei. Mit voller Wucht rammte mich so ein Idiot auf der Piste. Beide Arme brach ich mir, aber Gott sei Dank ist nicht noch mehr passiert. Gut, dass ich immer einen Helm trage. Ich wurde ins Krankenhaus geflogen. Meine Freundin musste zwei Tage später zurück ins Büro. Da lag ich nun. Lesen war nicht möglich, TV gab es nicht, es war einfach nur langweilig. Mein Nachbar hatte eine schwere Gehirnerschütterung, wir konnten noch kein Wort miteinander sprechen. Er war etwas älter als ich, ich schätze so Anfang 40.

Plötzlich ging die Tür vorsichtig nach einem zaghaften Klopfen auf. Man, was ich da sah brachte mich auf Touren. War das etwa seine Frau? Ein geiles Fahrgestell. Lange Beine, Minirock und ein tief ausgeschnittenes Shirt. Sie begrüßte mich und gab ihrem Liebsten ein Küsschen auf die Wange. Man, die könnte ich den ganzen Tag küssen und noch mehr...

Sie setzte sich schräg zu ihm auf den Stuhl und schlug die Beine übereinander. Ich sah ihre geilen Oberschenkel. Er war noch im Tiefschlaf. Nun stand sie auf und richtete sein Kissen. Dabei streckte sie sich und ich sah diesen unwahrscheinlich geilen Arsch. Zwei runde Pobacken lachten mich an, der String war ein Hauch von Nichts. Ich wurde total geil. Als sie sich verabschiedete beugte sie sich zu mir. Ich sah tief in ihren Ausschnitt. Sie trug keinen BH, hatte kleine Brüste mit riesigen Nippeln. Als sie ging hatte ich eine nasse Unterhose. Mein Gott, was die Krankenschwestern nur denken werden? Am Abend zog mir Schwester Anja die Hose aus holte eine neue aus dem Schrank. Sie merkte den Samenerguss. Gefühlvoll nahm sie meinen Penis und bettete ihn gut. Dabei streichelte sie meinen Hoden. Sofort hatte ich einen Ständer. Er flutschte natürlich wieder aus dem Slip. Ich stöhnte. Jetzt schob sie die Vorhaut zurück und begann mich mit dem

Mund zu befriedigen. Ihre langsamen Bewegungen auf und ab brachten mich auf 100. Mit einer Hand massierte sie meine Hoden, mit der anderen meine Brustwarzen. Ich hätte ihr so gern an den Arsch gefasst, aber meine Arme waren ja eingegipst. Wir erreichten beide unseren Höhepunkt und stöhnten um die Wette.

Am nächsten Tag kam die Schönheit vom Nachbarn wieder. Heute ein hinten geknöpftes Minikleid mit tiefem V-Ausschnitt. Sie stellte sich vor sein Bett und richtete wieder das Kissen. Ausgerechnet die beiden vorletzten Knöpfe waren geöffnet. So sah ich direkt ihren Po-Schlitz. Wenn sie sich streckte kam eine Po-Backe ganz heraus. Ich wurde wieder wild. Nun setzte sie sich auf das Bett und kramte in ihrer Tasche. Ein Bein stand auf dem Stuhl, so saß sie breitbeinig auf dem Bett. Ich kapitulierte, ein Penis schwoll an. Ich schwitzte, stöhnte. Jetzt kam sie zu mir und fragte, ob sie mir helfen könne? Ein Schluck Wasser bitte. Sie beugte sich so weit rüber, dass ich bis zu ihrem Bauchnabelschauen konnte. Das Wasser half nicht. Sie müsste mir schon eine klatschen, damit ich ruhiger würde. Nun setzte sie sich auf den Stuhl zu mir. Wortlos glitt ihre Hand unter die Bettdecke. Erst spielte sie mit meinen Hoden, dann nahm sie sich meinen Penis vor. Auf und ab… auf und ab… ich könnte verrückt werden… wieder bekam ich einen Höhepunkt. Beim Rausgehen drehte sie sich um und flüsterte: „Bis morgen, mein Schöner."

Ich kann nur hoffen, dass meine Arme noch lange in Gips bleiben müssen.

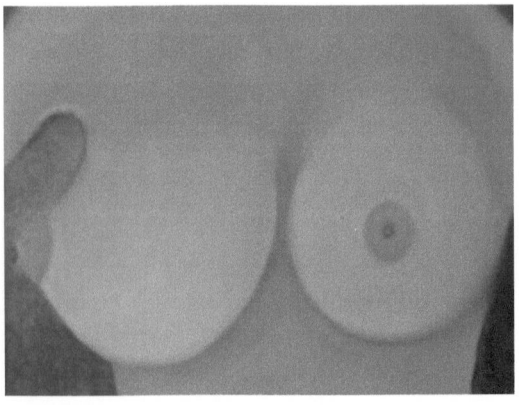

Ein heißer Sommertag im Büro

Anette hatte schon im Büro nur noch einen Gedanken und der war, noch heute jemanden aufzureißen, der sie mal wieder ordentlich vögelt. Sie war erregt ohne Ende. Ihre prallen Brüste, die von Natur aus wohlgeformt waren, standen wie eine Eins. Die Nippel waren hart und zeichneten sich in der durchsichtigen Bluse, die sie heute an diesem warmen Tag im Büro trug, stark ab. Sie konnte sich nicht auf ihre Arbeit konzentrieren, so erregt war sie.

Immer wenn Anette nur daran dachte, wurde es feucht in ihrer Muschi. Christian, ihr Chef, hatte die Firma von seinem Vater übernommen. Er sah toll aus. Hatte eine Figur wie ein zwanzigjähriger Mann, obwohl er schon fünfundfünfzig war. Sein Gesicht war ebenmäßig geformt und sein schöner Mund lud zum Knutschen ein. Anette war nur ein paar Jahre älter. Auch ihr sah man nicht an wie alt sie war. In der Firma, in der sie beschäftigt war, wurden Büstenhalter gefertigt. Ausgerechnet!

Mit Christian hatte sie sich schon vor zwei Jahren angefreundet. Sie kamen sich auf einer Betriebsfeier näher. Dort stellte Christian die neusten Modelle vor und fragte Anette, ob sie Lust hätte einmal zu ihm nach Hause zu kommen. Jeder in der Firma wusste, dass sie eine tolle Frau war. Wenn sie lief, zeichnete sich ihr praller Hintern in dem engen Rock ab, den sie trug und ihr Gang war auffallend provokativ. Hinzu kamen ihre makellosen Titten, die auch ohne BH standen.

Plötzlich ging die Tür vom Chefbüro auf und Christian kam heraus. Als sich sein Blick auf Anettes Brüste richtete, wusste er nicht mehr was er eigentlich wollte. Er fing an zu stottern: „Anette, kommst du einmal bitte in mein Büro? Ich muss dich dringend etwas fragen.", sagte er. Er war so erregt, dass er kaum ein klares Wort herausbekam.

Anette ging mit wackelndem Hintern und wabernden Brüsten auf hohen

Stöckelschuhen in sein Büro und nahm in seinem Sessel Platz. Nicht gerade die feine Art aber sie konnte sich in der Firma einiges erlauben. Nicht nur, dass sie geil war, sie war auch hoch intelligent und machte ihre Arbeit vorbildlich.

Eigentlich hätte Anette ihre Bluse weglassen können, so durchsichtig wie sie war, konnte man alles klar sehen. Dann diese Riesennippel, die immer hart waren. Christian schloss die Tür von seinem Büro hinter sich zu. Er sagte mit erregter Stimme: „Du siehst wie immer geil aus, Anette." Er war bis aufs Äußerste erregt und konnte sich kaum beherrschen. In seiner Anzughose tat sich was. Sie war schon sehr eng geschnitten, da fiel es besonders auf wenn sein Penis hart war.

Eigentlich wollte Christian von Anette die neueste Statistik über seine Auslandsgeschäfte haben, doch es kam anders. Langsam ging er zu dem Sessel, auf dem Anette saß. Die attraktive Frau sah toll aus mit ihren langen, schwarzen Haaren, die sie mit zwei goldenen Kämmchen an den

Seiten nach oben gesteckt hatte. Sie hatte einen sehr kurzen Rock an. Ihr knackiger Hintern und die geilen Titten, gaben den Ausschlag. Christian beugte sich über sie und sagte: „Es ist sehr heiß hier drin, findest du nicht auch, Anette?" Sie konnten sich kaum beherrschen.

Nun küsste Christian sie. Erst langsam und dann immer wilder. Anette ließ sich alles gefallen und machte mit. Den Druck, den sie verspürte konnte sie nicht mehr zurückhalten. Fast hätte sie schon einen Höhepunkt gehabt. Anettes Hand legte sich auf den Reißverschluss seiner Hose und öffnete diesen gierig. Sie holte seinen Penis heraus und beide ließen ihren Gefühlen freien Lauf. Auch Christian schämte sich nicht und nahm Anettes Superbrüste aus der Bluse. Ihre Nippel verführten ihn sofort daran zu lutschen.

„Oh Gott, Christian, bitte höre nicht damit auf. Mach weiter.", stöhnte sie laut. Anette spreizte ihre Beine auseinander. Wieder hatte sie kein Höschen an. Ihre Muschi war recht feucht vor Erregung und Geilheit.

Christian kniete sich vor sie hin und Anette nahm seinen Penis in den Mund und massierte mit ihren feuchten Lippen seine Eichel. Beide umgab ein Rausch der Geilheit. Nun ließen sich beide auf den dicken Teppich fallen, der wohl, wenn er reden könnte, so einiges erzählen würde.

Erregt flüsterte Christian ihr zu: „Anette, du bist eine verdammt geile und versaute Frau. Ich brauche dich immer öfter. Mach bitte deine Beine schön breit, ich muss jetzt deine Muschi lecken.", sagte er. Wollüstig saugte er an ihrem Kitzler und schob ihren G-Punkt mit seiner Zunge hin und her. Sie stöhnte laut. Höchste Lust überkam beide. Anette bekam einen Höhepunkt nach dem anderen. Aber sie hatten noch lange nicht genug. Sie wechselten die Lage und Anette steckte seinen harten Penis zwischen ihre Brüste, bis er ihr seinen Saft in den Schlitz ihres Dekolletés spritzte.

Zur Krönung der Aktion legte sich jetzt Christian auf sie und steckte seinen immer noch harten Penis in ihre Pfläumchen. Beide bekamen noch einmal gemeinsam einen

Höhepunkt. In diesem Moment klopfte es an der Tür. Ein Mitarbeiter wollte den Chef sprechen. Schnell zogen sie sich an und taten so, als wenn nichts geschehen wäre. Als Herr Bremer eintrat, schaute er Anette an und sagte, als diese an ihn vorbei ging um das Büro zu verlassen zu seinem Chef: „Man, die Anette ist ja eine geile Schnitte, die möchte man am liebsten sofort flach legen."

Beide Männer grinsten sich an und der Alltag in der Firma ging weiter.

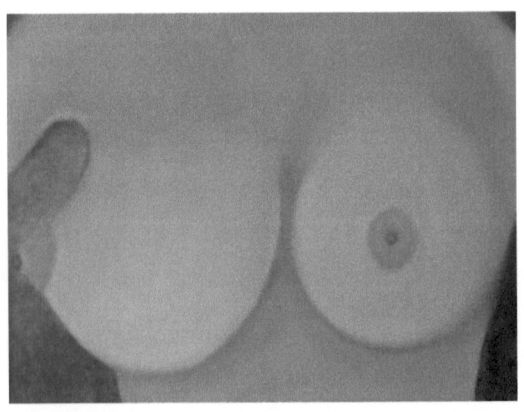

Die geile Lisbeth

Lisbeth hat rote Haare und eine tolle Figur.
Leider hat sie ein kleines Problem. Sie ist
dauergeil. Die Männer schauen ihr ständig
nach. Kein Wunder, denn so wie sie
provoziert macht es wohl keine andere
Frau. Es ist ja nicht nur die aufreizende
Kleidung, sondern auch was in diesen
Klamotten steckt. Ihre prallen Brüste trägt
sie so zur Schau, dass wohl jeder Mann geil
werden muss.

Den Rock hat sie bis unter den Hintern hoch
gezogen. Die Pobacken blitzen heraus und
sogar auch die Schamhaare ihrer Muschi. So
läuft sie in der Mittagspause oder wenn sie
frei hat durch die Stadt, immer auf der
Suche nach Befriedigung. Man nennt sie
auch die Rote Lilli. Eines Mittags, die
Geilheit stieg in ihr rasant an, lief sie wieder
mal provozierend durch die Straßen. Zwei
Stunden hatte sie Pause. Lisbeth steuerte
direkt ein Eiscafe an, denn es war sehr
warm an diesem Tag. Sie nahm draußen
genau in der Mitte Platz, damit man sie gut

sehen konnte. Ringsherum saßen Leute, zum größten Teil Paare. Der Kellner hieß Alfredo. Er war sehr muskulös und hatte einiges vorzuweisen. Das wusste Lilli, denn sie hatte schon einmal mit gewissen Dingen Bekanntschaft gemacht. Sie setzte sich extra so breitbeinig hin, dass jeder in ihre Vagina gucken konnte.

„So schnell kommt er mir nicht davon.", dachte dieses geile Luder. Langsam kam der Kellner an den Tisch und fragte nach ihren Wünschen. Dabei konnte er nicht den Blick von ihren Brüsten nehmen. „Zwei Bällchen Nuss-Eis mit Sahne.", sagte Lisbeth. „Bleib mal stehen Alfredo und stell dich genau vor mich hin." Alle Gäste an den Tischen schauten mit gierigen und lüsternen Blicken herüber. Jetzt zog Lisbeth Alfredo den Reißverschluss seiner Hose auf und holte, ohne Rücksicht auf die anderen Gäste seinen Penis heraus.

Sie befriedigte ihn einfach am Tisch. Nun nahm sie ihren gerade neu gekauften Vibrator aus der Handtasche und steckte ihn in ihre Muschi. Sie stöhnte laut und konnte ihre Beine nicht breit genug auseinander machen. Angesteckt von der Versautheit taten es jetzt alle anderen auch. Sie bumsten ihre Frauen und teilweise legten sie sich sogar auf den Tisch. Die Männer nahmen eine Kugel Eis und legten sie zwischen die Brüste ihrer Frauen und nuckelten gierig daran. Alle taten es öffentlich ohne Schamgefühle. Zum Schluss kam noch der Inhaber des Ladens heraus und hängte ein Schild draußen auf, auf dem stand: Hier vögeln geile Männer und Frauen an den Tischen, bitte nicht stören. Das war die Geschichte von der supergeilen Lisbeth.

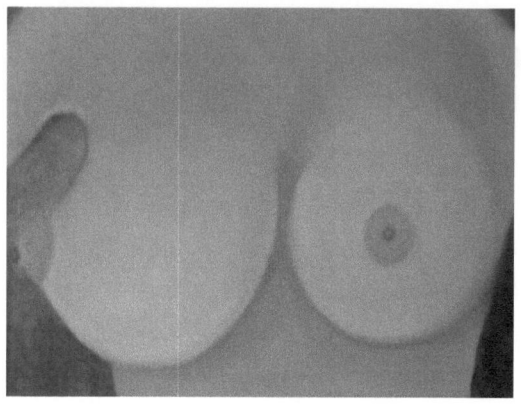

Tittenalarm

Diese Geschichte spielt am Strand von Malibu. Anita hatte sich vor vielen Jahren dort ein Strandhaus gekauft, von dem Geld, welches ihre verstorbenen Eltern ihr hinterließen. Anita ist dreißig Jahre alt. Mit ihrem blonden Bubikopf sieht sie aus wie ein Lausebengel. Gewissermaßen war sie es auch. Ihre Haut ist immer gebräunt, obwohl sie wegen der Faltenbildung nicht in die Sonne ging.

Das Wichtigste an Anita aber waren ihre langen tollen Beine und natürlich ihre großen Brüste. Diese Atomgeschosse, trägt sie gerne zur Schau. Die sehr dicken und immer geilen Nippel wusste Anita gut zu präsentieren.

Geil war dieses Weib schon immer. Ihre Nachbarn können das bestätigen, weil sie fast den ganzen Tag nackt auf ihrer Liege lag. Die Villa, die sie besaß, war eine von den teuersten in Malibu. Das rote Sofa an der Terrassentür war quasi ihr Markenzeichen. Auf diesem Sofa hatte sich schon so manches abgespielt, aber immer so, dass alle Nachbarn Einblick hatten. Ungeniert befriedigte sie sich mit einem riesigen Vibrator wenn sie am Strand lag. Nicht nur einmal, sondern mehrmals am Tag. Dabei stöhnte sie jedes Mal lustvoll.

Arbeiten musste die junge Frau nicht, denn ihre Eltern hinterließen ihr ein Millionenerbe. Das konnten sie, weil sie das größte Hotel in Malibu hatten. Ein tragisches Ereignis führte dazu, dass das Hotel abgerissen werden musste und die Eltern ums Leben kamen. Vor zehn Jahren wütete ein Taifun und riss fast alles mit sich. Alle Grundmauern des Hotels wurden schwer beschädigt. Die Eltern von Anita wollten sich in Sicherheit bringen. Leider wurden sie aufs Meer hinaus geschleudert. Man fand sie nie wieder. Anita lebt nun alleine In diesem Strandhaus, obwohl sie sofort einen Mann haben könnte.

An einem herrlichen Morgen lag Anita wieder nackt auf ihrer Liege und befriedigte sich laut stöhnend. In diesem Moment kam Jeff, ihr Nachbar, herüber. Eigentlich ist ja klar, was er wollte. „Hallo Anita, willst du mal einen Penis aus Fleisch und Blut spüren?", fragte Jeff grinsend. „Oh Mann, ist das ein geiles Gefühl.", stöhnte Anita. Sie schaute ihn dabei an und stöhnte: „Jeff, gleich, bitte warte noch einen Moment." Das Stöhnen wurde immer lauter und Jeff merkte, dass er Samenflüssigkeit in der Hose hatte.

Anita war eine dermaßen geile Frau, dass jeder Mann sofort versuchen würde, sie ins Bett zu bekommen. Ihre Brüste und ihr Pfläumchen spielten eine große Rolle dabei. Auch als Jeff kam, war sie völlig nackt.

„Ja, Jeff ich werde dich anrufen.", sagte sie mit immer noch stöhnender Stimme. Am Abend machte sich Anita ausgehfertig und sah wie immer zum Anbeißen aus. Ihre kurzen blonden Haare hatte sie streng nach hinten gekämmt und glich der Schauspielerin Brigitte Nielsen. Hochhackige Schuh, zogen alle Blicke auf ihre tollen Beine. Sie hatte eine Bluse an, die so durchsichtig war, dass ihre geilen, dicken

Brüste sichtbar waren. Die immer steifen Nippel drückten sich durch.

Anita ging in Udos Bar nicht etwa um sich einen Mann zu angeln, sondern weil sie sich nur präsentieren wollte. Der Wirt kannte sie gut und wäre gerne mit ihr ins Bett gegangen, doch Anitas Geschmack war er nicht gerade. Sie setzte sich auf den Barhocker und spreizte ihre Beine so weit auseinander, dass jeder ihre Muschi sehen konnte.

Höschen trug Anita grundsätzlich nie. Es störte sie, weil sie sich ständig zwischendurch mit ihrem Vibrator bearbeitete. Das war quasi überall, im Bus, auf der Kaufhaustoilette, in der Umkleidekabine und an vielen anderen Orten.

An diesem warmen Samstagabend trank sie ausnahmsweise einmal einen Cocktail zu viel. Dies beobachteten fünf junge Männer. Sie wurde freundlich angesprochen, ob sie Lust hätte mit ihnen in den angrenzenden Schuppen zu gehen. Anita war angeheitert und in diesem Zustand besonders geil. Sie sagte ja und meinte: „Ich bin geil auf euch alle und froh wenn ihr meine Gier nach Sex befriedigen könnt."

Alle bezahlten und waren guter Dinge. Der Schuppen gehörte zur Bar und war nicht immer abgeschlossen. Auch an diesem Abend konnten sie alle ungehindert dort hinein gehen.

Einer der fünf begann Anita auszuziehen. Viel musste er nicht tun, denn sie hatte ja nie viel an. Dabei knutschte er sie gierig. Er lutschte an ihren Nippeln und knetete die Brüste durch. Anita lag auf einer großen Decke, die dort herumlag.

Dann kam der nächste und streichelte ihre Beine. Anschließend massierte er ihre Muschi. Sie stöhnte lustvoll und rief immer wieder: „Bitte nicht aufhören, macht weiter so." So ging es reihum. Sie ritten sie nach allen Regeln der Kunst.

Die Nacht brach herein und Anita war mit ihren Jungs immer noch zugange. Sie konnte eigentlich nicht mehr, denn ihr

Pfläumchen war schon wund. Nur die
Geilheit hielt sie davon ab aufzuhören.
Später verabredeten sich die fünf Männer
mit ihr und an jedem Wochenende trafen
sie sich in Udos Bar.

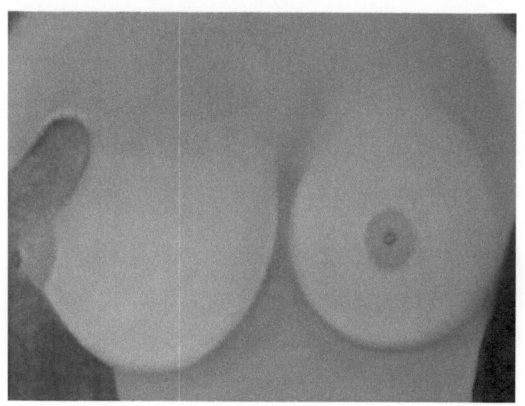

Warme Eier

Mein Name ist Manni, ich arbeitete in Duisburg unter Tage. Jetzt im Rentenalter von 63 Jahren, arbeite ich nur noch unter der Bettdecke. Eigentlich sehe ich noch recht knackig aus. Meine Minipli von damals trage ich immer noch. Zwar muss ich etwas färben, aber egal, was soll's. Mein Goldkettchen hat auch schon die Rente durch, wogegen meine Jogginghose noch erstaunlich gut in Schuss ist. Adidas ist eben eine gute Marke, gut dass ich mir damals Adiletten gekauft habe, die kann ich heute noch schön auftragen.

Na ja, was ich sagen will ist, dass ich im Alter immer geiler wurde und das ich noch Chancen bei den Frauen habe. Als junger Mann wurde ich ständig gehänselt, wenn wir in der Gruppe zusammen waren. Da ich schon von Geburt an dicke Eier habe und einen langen Penis, viel ich jedes Mal auf. „Hey Manni, haste schon wieder die Prollhose an?", riefen die anderen. Ich stieg nun auf sehr weite Hosen um, in der

Hoffnung, man könnte nix mehr sehen. Falsch gedacht. Immer noch drückten sich meine Geschlechtsteile mit aller Macht durch.

Trotzdem kommt mir heute mein bombastischer Unterbau sehr zu gute. So, das war ein kleiner Teil meiner Lebensgeschichte. Also, ich ging zu meiner Verabredung. Lilo wartete schon auf mich. Habe mich mit ihr mal wieder verabredet. Lilo hat früher im Puff gearbeitet. Heute ist sie ein grundsolides Mädchen. Sie ist um die dreißig und sieht sowas von toll aus, dass ich, nur wenn ich daran denke, schon einen Samenerguss bekomme. Genau so denkt sie aber von mir.

Gleich kommt sie. Ich saß im „Silbernen Löwen" an der Ecke. Da ist Kalle Wirt, mein Kumpel von damals. Lilo kam, nun ging die Post ab. Übrigens, ich bin seit zwei Jahren Witwer. Meine Frau starb an einer schlimmen Krankheit. Aber nun konzentriere ich mich auf das Leben, welches ich noch habe. „Hallo schöne Frau, wie geht es dir, hast wieder verdammt geile

Klamotten an!", rief ich zu ihr. „Hi Manni, du geile Kanone, wenn ich bei dir etwas tiefer schaue, werden meine Schamlippen dick und ein geiler Saft tritt aus.", sagte Lilo ganz ungeniert. Ich merkte, alleine durch Lilos Bemerkungen, dass mein Penis immer größer wurde und meine Eier schwollen um das Doppelte an.

„Lass uns zu dir gehen, du geiles Weibstück.", sagte ich ihr mit erregter Stimme. „Ja, komm' schnell du süße Sau, du.", entgegnete Lilo, wobei ihre Brüste sich ganz schön in dem hautengen Pulli abzeichneten. Von den übrigen Körperteilen rede ich erst gar nicht, denn jede Beschreibung, die ich machen würde, ist nicht gut genug für diesen Körper.

Bei Lilo angekommen, ging es schon im Hausflur los. Im Fahrstuhl nutzten wir sofort die Gelegenheit zum bumsen. Ich knetete ihre Brüste so ordentlich durch, dass die Nippel vollkommen hart waren und bemerkte, wie sich Lilo ihren Slip auszog. Besser ich sage, es war ein Hauch von nichts. Ich presste mich ganz schnell an sie und knutschte sie leidenschaftlich. Das Gefühl der Gier aufeinander, war fast nicht mehr zu stoppen. Ich rutschte tiefer, denn jetzt war ihr Pfläumchen frei. Der geile Kitzler schaute schon heraus. Alles war geschwollen, bei diesem Teufelsweib.

Mit Gefühl, ich wollte nicht zu wild sein, lutschte ich daran und anschließend ging meine Zunge soweit rein in ihr Kätzchen, dass sie vor Wollust stöhnte. Immer lauter und lauter. Ich merkte, dass ich meinen ersten Samenerguss hatte. Auch Lilo hatte einen Höhepunkt und riss mir dabei mein Shirt kaputt. Das war egal, wer denkt in so einem Moment an Hemden. Lilo drehte sich um und lud mich quasi ein, sie von hinten zu nehmen. Das tat ich sehr gerne, denn meine Erregtheit nahm nicht ab, sondern wuchs.

Ich führte meinen Penis in ihren Hintern ein und nahm gleichzeitig ihre Brüste in die Hand und massierte sie. Ein unbeschreibliches Gefühl kann ich nur sagen. Dabei kamen wir gemeinsam. Unsere Säfte vermischten sich und wir sackten erst mal erschöpft auf den Boden des Fahrstuhls. Von außen hörten wir schon die Leute schimpfen. „Was ist denn hier los, ist der Fahrstuhl etwa im Eimer?", rief ein älterer Mann. In diesem Moment öffneten wir die Tür, die wir vorher blockiert hatten. Lilo fragte mich, ob ich noch mit rauf kommen wolle. Natürlich hab ich das nicht abgelehnt. Sie hatte eine sehr hübsche Wohnung, ganz anders als bei mir. Seit dreißig Jahren hab ich nix Neues mehr gekauft. Warum auch. Ich dachte immer die Zeit wäre für mich abgelaufen. So kann man sich eben irren.

Das Schlafzimmer war in Rot gehalten, mit weißen Kissen und Kleinigkeiten. Lilo schupste mich auf ihr Bett. Langsam zog sie mir die Hose runter. Wir knutschten so heftig, dass wir schon fast wieder vor einem Höhepunkt standen. Sie rutschte nach unten, dabei berührten ihre langen Haare meine Brustwarzen. Lilo liebte es, wenn sie hart wurden. Dann wusste sie, dass ich äußerst erregt war. Vorsichtig nahm sie meinen Penis in den Mund. Erst massierte sie ihn mit ihrer Zunge, dann merkte sie, dass mein Penis immer härter wurde. Ganz bekam sie ihn nicht in den Mund, denn er war zu lang.

Aber das spielte keine Rolle. Nun drückte sie ihre Lippen ganz um fest an ihn und bewegte ihn rauf und runter. Dabei leckte sie immer wieder meine Eichel. Der Höhepunkt war eine Explosion. Nun konnte ich nicht mehr, denn schließlich war ich nicht mehr der Jüngste.

Ich verabredete mich mit der geilen Schnecke Lilo. Wir wollten uns auf dem Jahrmarkt treffen, der in einer Woche hier seine Zelte aufschlug. Da ist meine Phantasie natürlich sofort angeregt. Ich weiß auch schon, was ich mit Lilo dort machen möchte, aber ich verrate ihr noch nichts. Dann sag ich mal Tschüss Leute bis zum nächsten Mal.

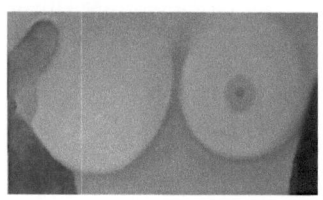

Hinter den Kulissen

Fabiola war eine Künstlerin. Sie sang Opern und war fest arrangiert an einem der besten Theater der Stadt. Da sie immer mit langen Kleidern auftrat, kannte niemand ihre Figur so richtig. Spielte ja auch irgendwie keine Rolle. Im Publikum saß zu jeder Vorstellung ein junger Mann. Er schaute und hörte ihrer herrlichen Stimme zu. Doch eines Tages schickte er ihr eine Nachricht, in der stand, dass er sie einmal kennenlernen möchte. Fabiola wunderte sich zwar, aber stimmte zu und lud ihn erst einmal ein, in ihre Kabine zu kommen. Sebastian bedankte sich wieder per Nachricht und sie trafen sich in der Pause am anderen Tag. Sie stellten sich einander vor und Fabiola bat Sebastian, sich doch in den Sessel zu setzen. Das Fabiola ein sexgieriges Weib war, wusste er nicht. Ohne weitere Unterhaltung zog sie sich komplett aus. So etwas hatte er überhaupt nicht erwartet.

Fabiola war nicht das typische Superweib, was fast alle Männer im Kopf haben. Nein, sie hatte zwar eine stattliche Oberweite, aber keine Modelmaße. Trotzdem erschien sie sehr attraktiv. Irgendwie hatte er sich in diese Frau verliebt. Sie ging auf ihn zu. Dabei wippten ihre Riesenbrüste hin und her. Sie sagte, er solle sich zurücklehnen. Dann knöpfte sie seine Hose auf. Fabiola holte seinen Hoden und seinen Penis heraus. Mit dem Mund stimulierte sie ihn. Dann legte sie ihre großen Brüste darüber, sodass sein Penis genau in ihren Brustschlitz passte.

Er stöhnte vor Lust. „Bitte hör nicht auf!", rief er hektisch. Er spritzte seinen Samen auf ihre Brüste... er lief herunter bis auf ihren Bauchnabel. „Kannst du noch?", fragte sie ihn. Sie setzte sich auf ihn und sein Penis fuhr direkt in ihre nasse Scheide. Sie kreischte, so erregt war sie. Ihr Körper ging dabei rauf und runter. „Du bist ein geiles Weib.", rutschte ihm heraus. Eigentlich war er es nicht gewohnt so zu reden, aber plötzlich hatte er alle Scham verloren. So viel hatte er noch nie an

Samenflüssigkeit von sich gegeben. Der Höhepunkt war anhaltend und die Erregung ging nicht zurück.

Er schaute sich noch einmal ihren Körper an und musste feststellen, dass sie nur einen etwas fülligeren Bauch hatte. Ihre Beine waren toll und ihr schwarzes, langes Haar sowieso. „Jetzt muss ich zur Vorstellung.", sagte Fabiola. „Können wir uns noch einmal treffen?", fragte sie ihn. Sebastian stimmte zu und von diesem Tag an, sahen sie sich fast jeden Abend während der Vorstellung und hinter den Kulissen. Einige Monate später heirateten sie und reden immer wieder davon, wie sie sich kennenlernten.

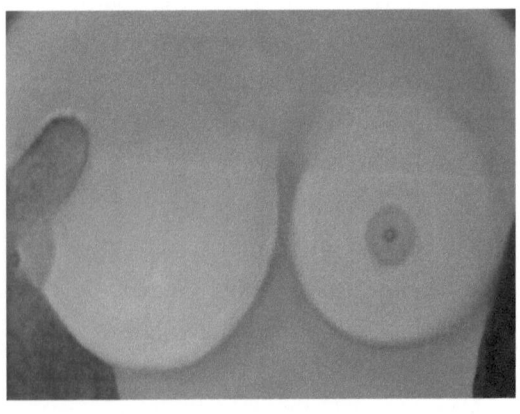

Erfüllung

Langsam ziehst Du mich aus.

Deine Hände streicheln meine Brust.

Alle Gefühle lasse ich raus.

Immer größer wird meine Lust.

Lustvoll wälzen wir uns herum.

Wie männlich Du doch bist.

Ich genieße Dich stumm.

Ich hab Dich so vermisst.

Wenn ich Dich sehe, bin ich erregt.

Meine Brüste, sie beben.

Auch bei Dir sich was bewegt.

Die Erfüllung werden wir erleben.

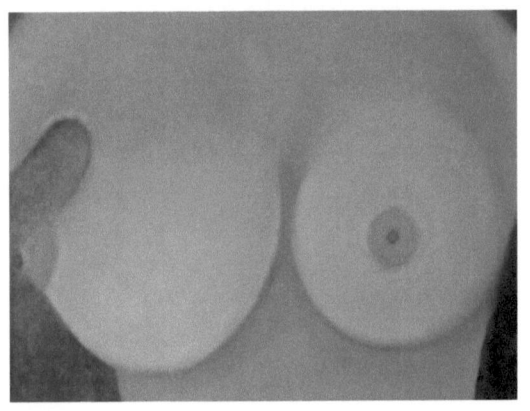

Lust

Zärtlich streichelst du meine Beine.

Ich spreize sie sacht.

Wir denken nur an das Eine.

Wie viel Freude es doch macht.

Langsam gleiten Deine Hände hinauf.

Ich werde feucht vor Lust.

Nun setze ich mich auf Dich drauf.

Du tust, was Du tun musst.

Entspannt und glücklich sehen wir uns an.

Du bist alles für mich.

Morgen bin ich wieder dran.

Dann liebkose ich Dich.

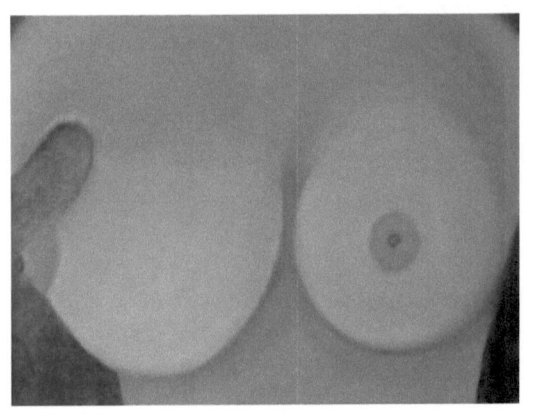

Verführung

Ständig denke ich daran,

es mit Dir zu machen.

Du machst mich immer an.

Wir sind geil und lachen.

Du bist die Verführung pur.

Schaust Du mich an, wird' ich schwach.

Wir gehen zur Sache stur.

Ich will es jetzt, sonst gibt es Krach.

Im Bumsen bist du spitze.

Man muss es so sagen.

Mein Po klemmt in der Bettenritze.

Ich kann mich nicht beklagen.

Geil und feucht

Geil und feucht ist's in der Hose.

Jetzt ziehe ich mich aus.

Mich juckt schon wieder mal die Dose,

Hol endlich deinen Penis raus.

Gebumst wird bis die Bude wackelt.

Ich kriege echt kein Ende.

Erich kommt nackt angewackelt.

Flink benutzt er seine Hände.

Er geht rein und wieder raus.

Mir tut schon das Kätzchen weh.

Nun schellt noch einer aus dem Haus.

ich sehr flink ins Bade geh.

Drum sei gescheit und lerne draus.

Man ist nie ganz allein.

Oft klopft ein Nachbar aus dem Haus.

Mensch, lass ihn bloß nicht rein.

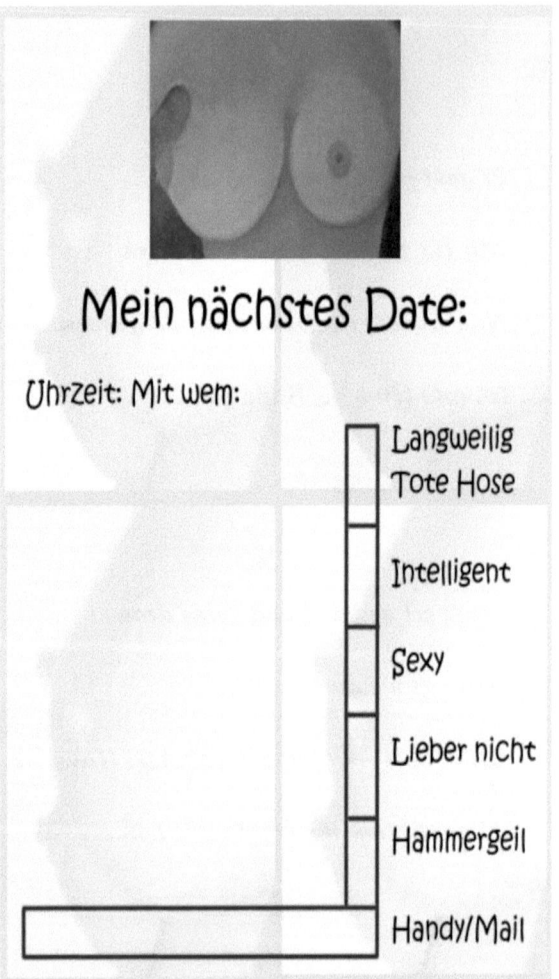

Mein nächstes Date:

Uhrzeit: Mit wem:

Langweilig
Tote Hose

Intelligent

Sexy

Lieber nicht

Hammergeil

Handy/Mail

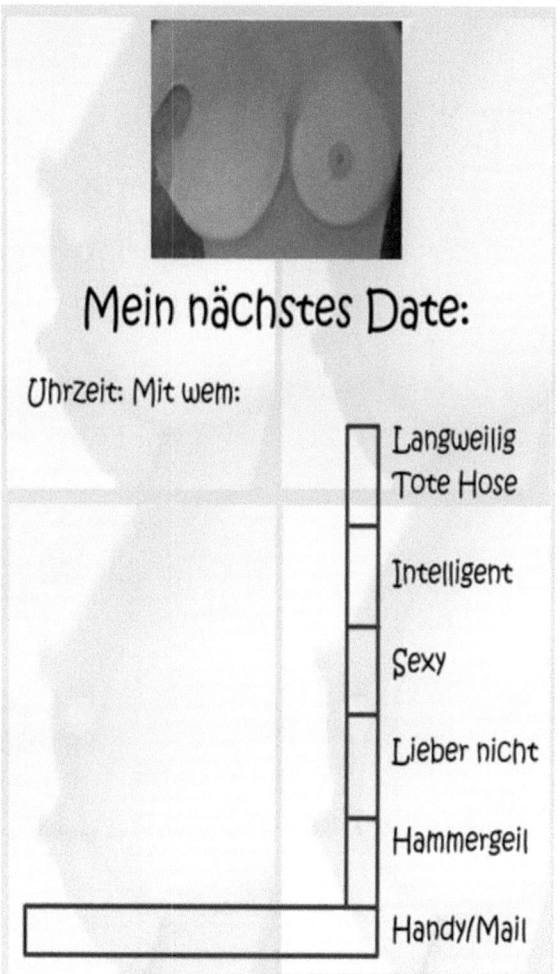

Mein nächstes Date:

Uhrzeit: Mit wem:

Langweilig
Tote Hose

Intelligent

Sexy

Lieber nicht

Hammergeil

Handy/Mail

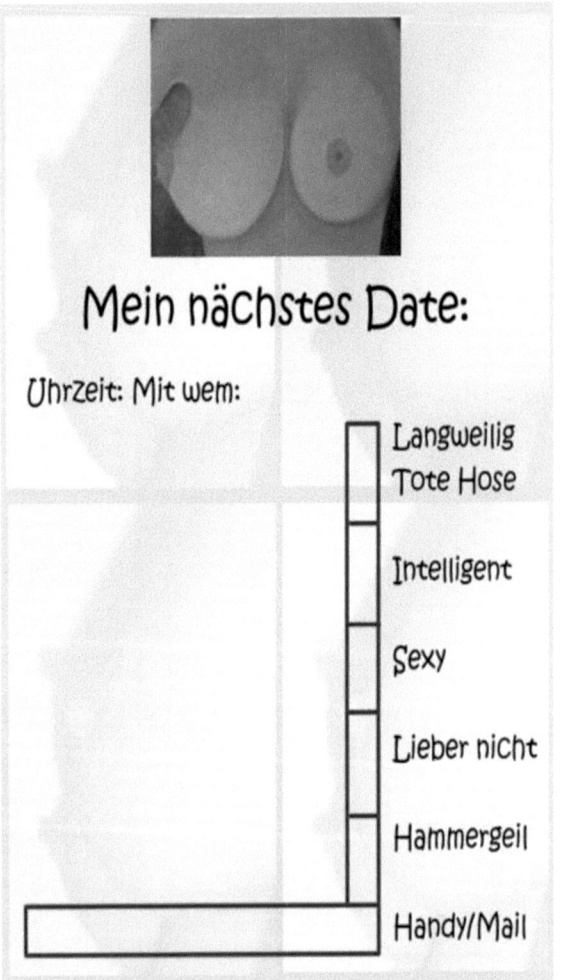

Mein nächstes Date:

Uhrzeit: Mit wem:

Langweilig
Tote Hose

Intelligent

Sexy

Lieber nicht

Hammergeil

Handy/Mail

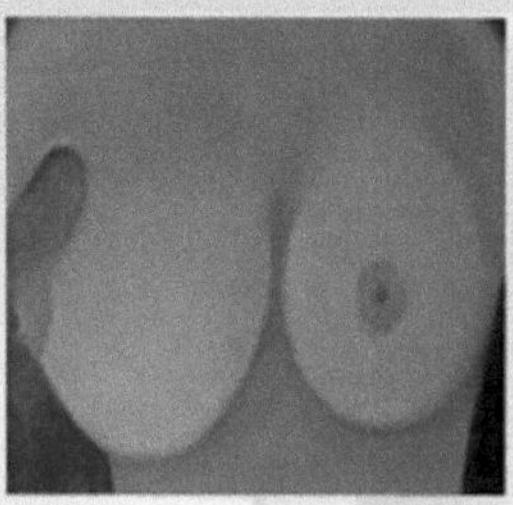

Mein nächstes Date:

Uhrzeit: Mit wem:

Langweilig
Tote Hose

Intelligent

Sexy

Lieber nicht

Hammergeil

Handy/Mail

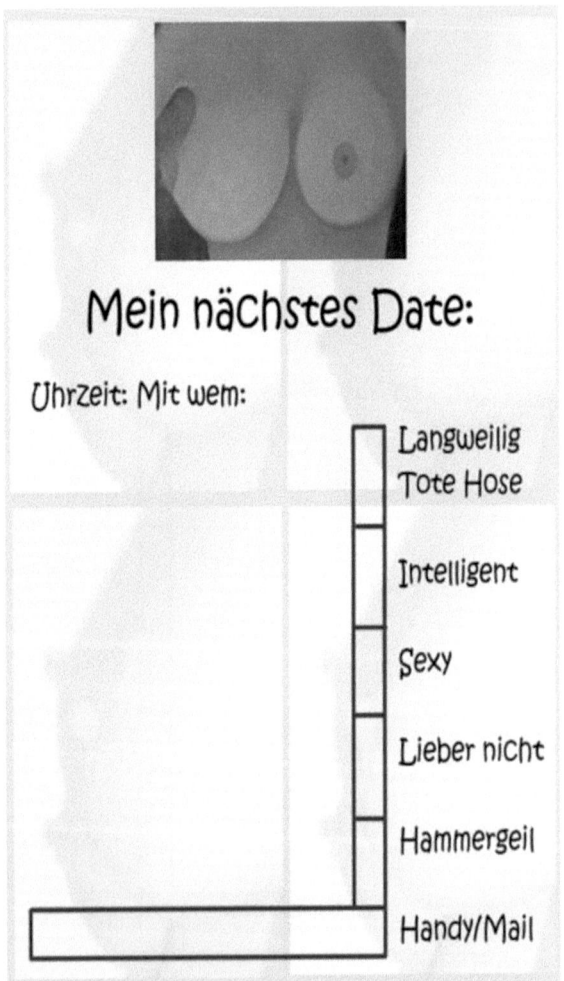

Mein nächstes Date:

Uhrzeit: Mit wem:

Langweilig
Tote Hose

Intelligent

Sexy

Lieber nicht

Hammergeil

Handy/Mail

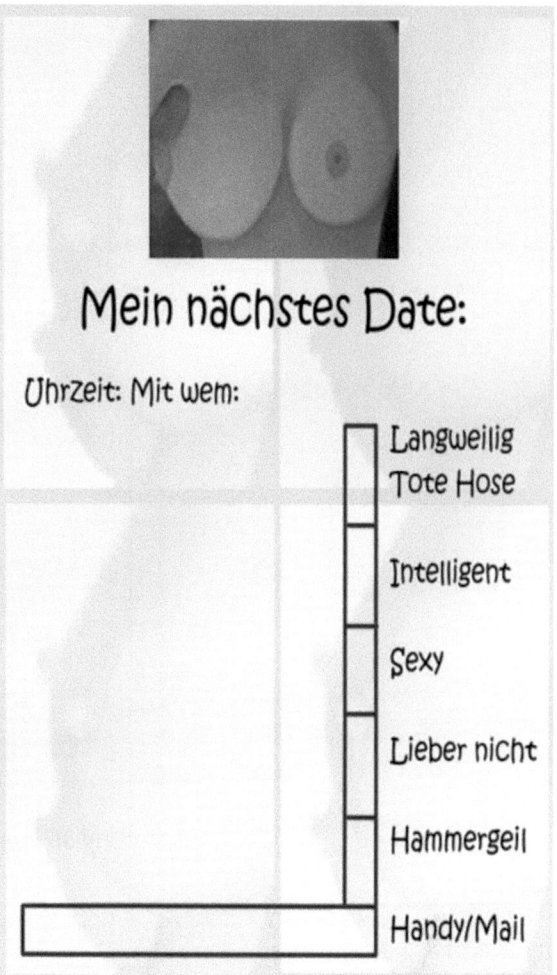

Mein nächstes Date:

Uhrzeit: Mit wem:

Langweilig
Tote Hose

Intelligent

Sexy

Lieber nicht

Hammergeil

Handy/Mail

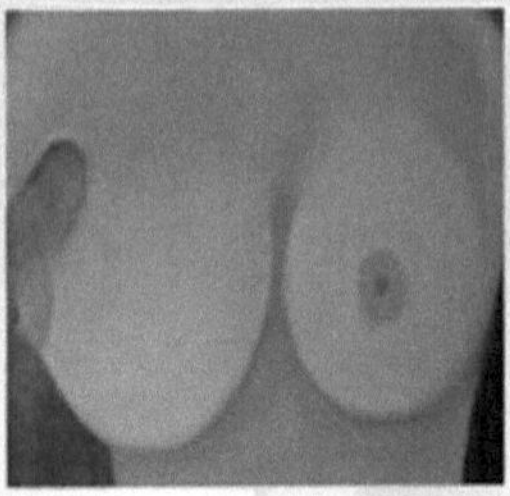

Mein nächstes Date:

Uhrzeit: Mit wem:

Langweilig
Tote Hose

Intelligent

Sexy

Lieber nicht

Hammergeil

Handy/Mail

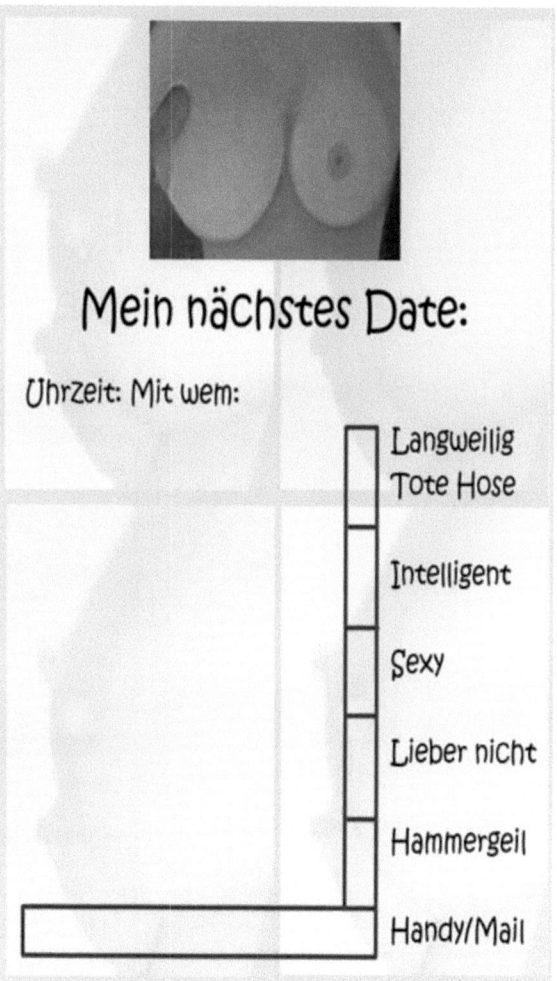

Mein nächstes Date:

Uhrzeit: Mit wem:

Langweilig
Tote Hose

Intelligent

Sexy

Lieber nicht

Hammergeil

Handy/Mail

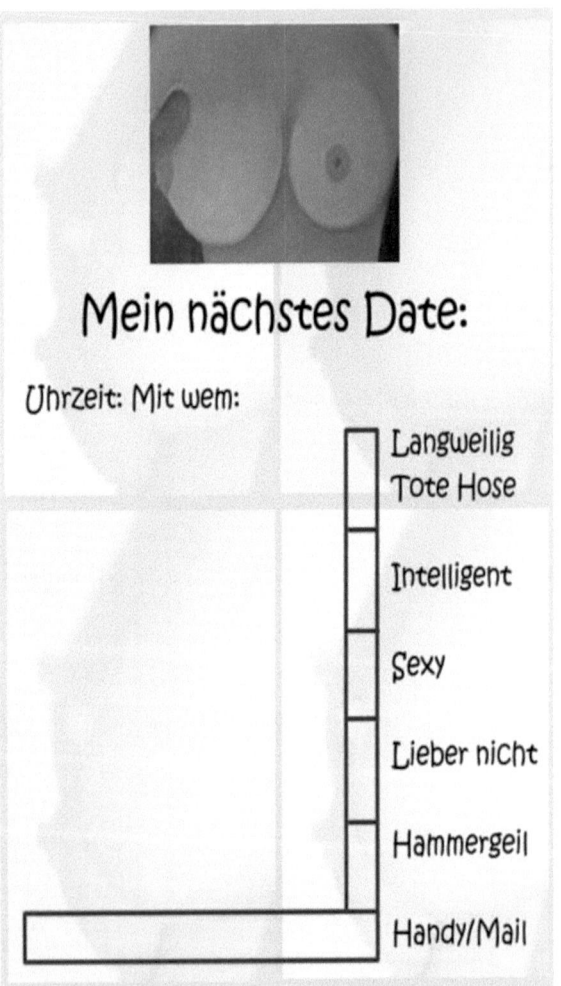

Mein nächstes Date:

Uhrzeit: Mit wem:

Langweilig
Tote Hose

Intelligent

Sexy

Lieber nicht

Hammergeil

Handy/Mail

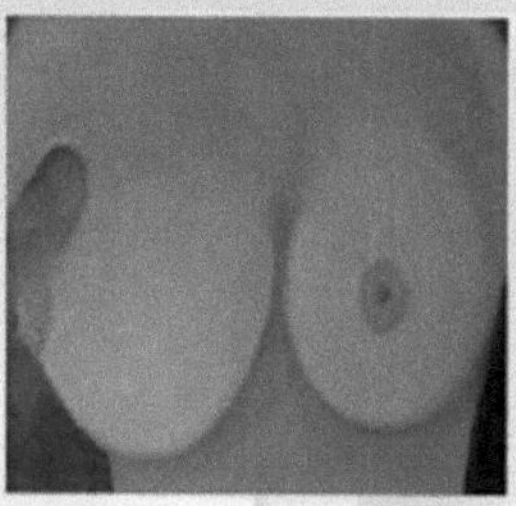

Mein nächstes Date:

Uhrzeit: Mit wem:

Langweilig
Tote Hose

Intelligent

Sexy

Lieber nicht

Hammergeil

Handy/Mail

Mein nächstes Date:

Uhrzeit: Mit wem:

Langweilig
Tote Hose

Intelligent

Sexy

Lieber nicht

Hammergeil

Handy/Mail

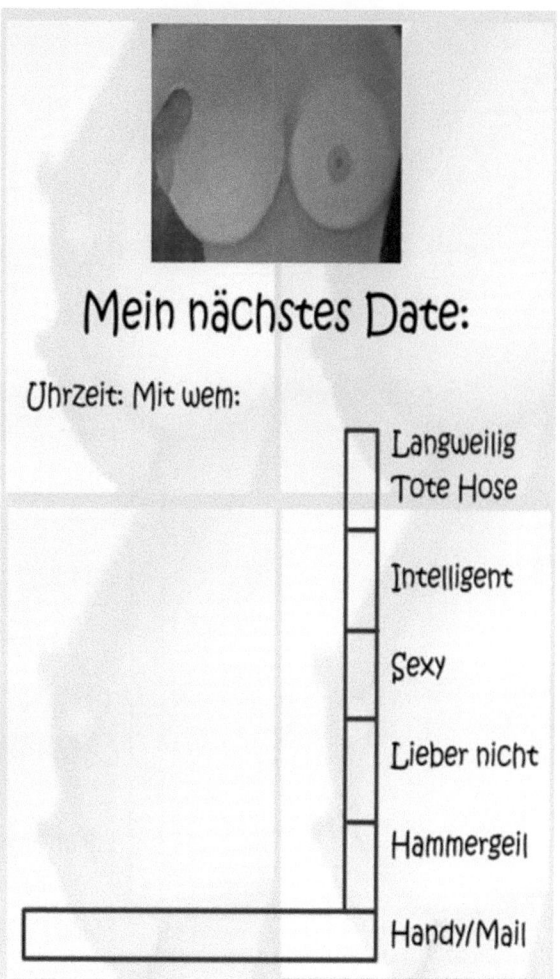

Mein nächstes Date:

Uhrzeit: Mit wem:

Langweilig
Tote Hose

Intelligent

Sexy

Lieber nicht

Hammergeil

Handy/Mail

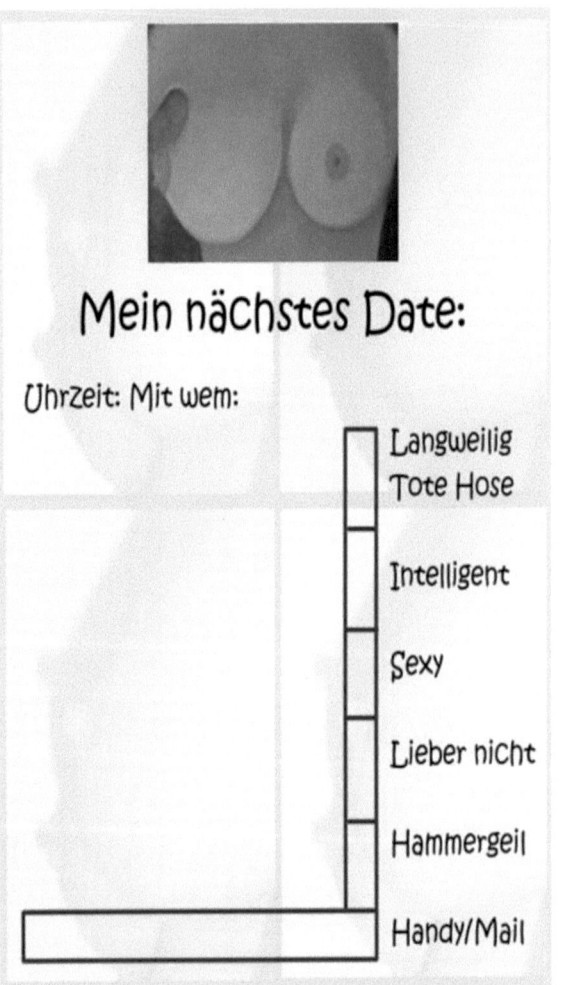

Mein nächstes Date:

Uhrzeit: Mit wem:

Langweilig
Tote Hose

Intelligent

Sexy

Lieber nicht

Hammergeil

Handy/Mail

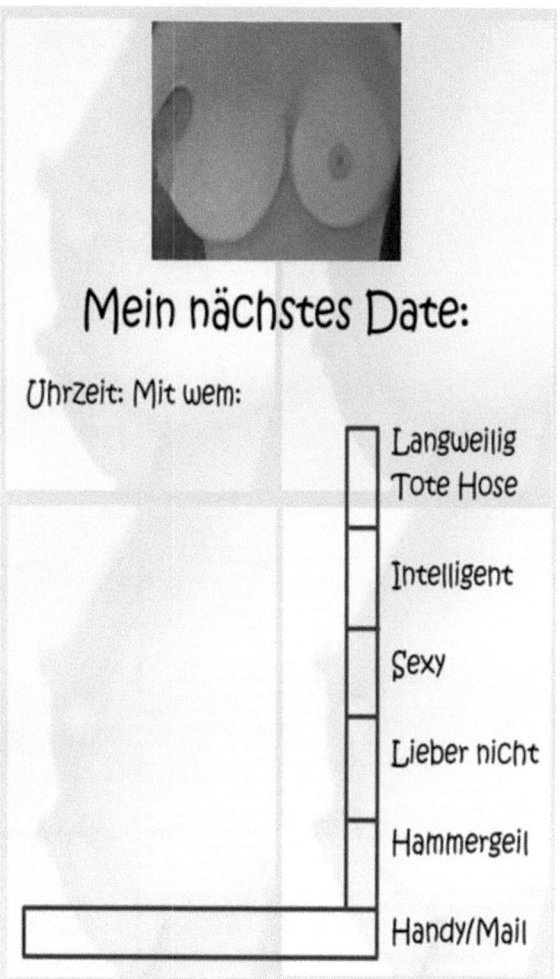

Mein nächstes Date:

Uhrzeit: Mit wem:

Langweilig
Tote Hose

Intelligent

Sexy

Lieber nicht

Hammergeil

Handy/Mail

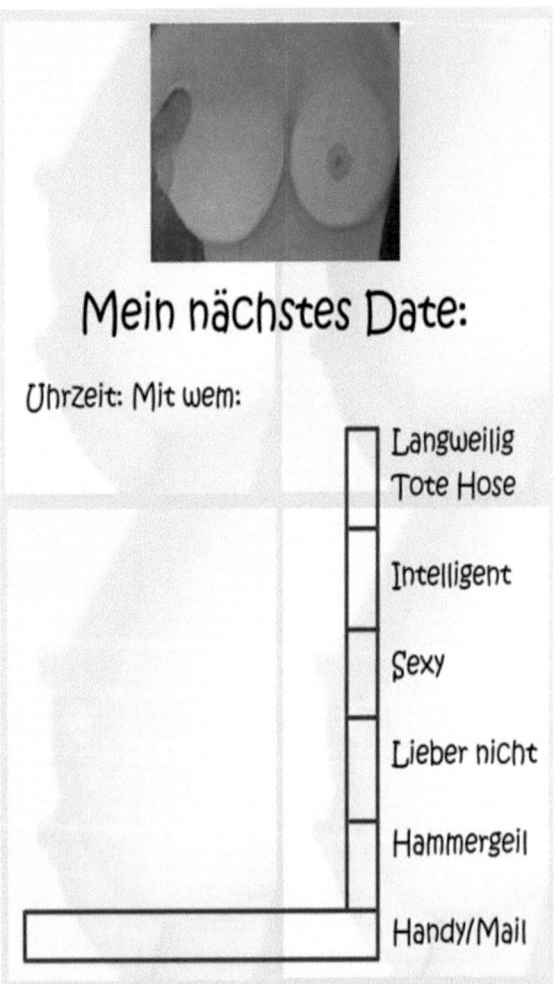

Mein nächstes Date:

Uhrzeit: Mit wem:

Langweilig
Tote Hose

Intelligent

Sexy

Lieber nicht

Hammergeil

Handy/Mail